LES PENSÉES & LES CHANTS DU GRAND JOUR

AVANT — PENDANT — APRÈS

PAR

M. L'ABBÉ H. CONDETTE

AUMONIER DES URSULINES D'ARRAS.

Ce jour sera pour vous comme un monument impérissable de la bonté divine à votre égard; et vous le célébrerez, toute votre vie, par un culte perpétuel à la gloire du Seigneur.

(Exode. XII. 14).

ARRAS
IMPRIMERIE ET LITHOGRAPHIE E. BRADIER
76, rue Saint-Maurice, 76.

1879.

LES PENSÉES & LES CHANTS

DU

GRAND JOUR

AVANT — PENDANT — APRÈS.

Vu et Permis d'imprimer.

Arras, le 21 Juin 1879.

† JEAN-BAPTISTE-JOSEPH,

Évêque d'Arras, Boulogne et Saint-Omer.

LES
PENSÉES & LES CHANTS
DU
GRAND JOUR
AVANT — PENDANT — APRÈS

PAR

M. L'ABBÉ H. CONDETTE

AUMONIER DES URSULINES D'ARRAS.

Ce jour sera pour vous comme un monument impérissable de la bonté divine à votre égard ; et vous le célébrerez, toute votre vie, par un culte perpétuel à la gloire du Seigneur.

(Exode. XII. 14).

ARRAS
IMPRIMERIE ET LITHOGRAPHIE E. BRADIER
76, rue Saint-Maurice, 76.

1879.

CHER ENFANT.

C'est pour toi, cher enfant, qu'est fait ce petit livre;
C'est à ta piété qu'à l'instant je le livre :
Aime à le lire, à le chanter
Et surtout à le méditer ;
Comprends bien la faveur insigne
Qu'il te rappelle à chaque ligne ;
Avec bonheur,
De chacune de ses pensées
Souvent et souvent repassées,
Nourris ton cœur ;
De ton divin modèle,
De l'Enfant Jésus,
Oh ! pratique avec zèle
Toutes les vertus !
Que ton amour s'enflamme :
Celui qui règne au cieux
Va venir dans ton âme
Et tu seras heureux.
De sa vive tendresse,
Ah ! souviens-toi sans cesse !
Du plus beau de tes jours,
Ah ! Souviens-toi toujours !

A NOTRE-DAME

DE LA

PREMIÈRE COMMUNION.

A tes pieds, ô Marie, humblement je dépose
Un modeste travail qu'inspira le grand jour :
Sous la protection de ton ardent amour,
Puisse-t-il arriver au but qu'il se propose.

A ton enfant chéri quelle vertu s'impose
Pour recevoir le Dieu du céleste séjour !
Il lira, chantera ces lignes tour à tour ;
Et de ton cœur au sien tu mettras quelque chose.

Oui ! daigne en sa faveur user de ton pouvoir ;
Aide-le, désormais, le matin et le soir :
Qu'il ne trahisse pas son adorable Frère !

Conduis-le par la main au banquet des élus,
O Mère du Sauveur, et montre-toi sa Mère :
Et montre toi sa Mère, ô Mère de Jésus !

LES PENSÉES & LES CHANTS

DU

GRAND JOUR

AVANT

PENSÉES.

*
* *

O Vierge Marie,
Je mets sous ta protection
Ma première communion.
Patronne chérie,
O toi
Qui fis si saintement la tienne,
Fais-moi
Saintement préparer la mienne :

De mon esprit et de mon cœur
Enlève
Tout ce qui déplait au Seigneur ;
Elève
Mes vœux,
De la terre
Aux cieux ;
Bonne Mère,
En moi, de plus en plus,
Dépose
Les aimables vertus
Qu'impose,
Pour recevoir le Dieu d'amour,
Au petit enfant *le grand jour*.

*
* *

Dieu des vertus,
O doux Jésus,
La charité te presse :
Pour tes enfants,
En tous les temps,
Plein de tendresse,
Tu prépares un mets divin
Et les aimes jusqu'à la fin ;

Bonté suprême,
Charité même,
Mon aimable Sauveur, ô mon Maître, ô mon Roi,
Tu vois ce que demain l'homme fera de toi,
Et, dans la sainte Eucharistie,
Tu veux en ce jour
Lui laisser un gage de vie,
Un gage d'amour ;
Et tu veux lui laisser d'une amitié constante
Une preuve vivante,
En restant avec lui
Pour être son appui ;
Et tu veux lui laisser, ô Père,
Père infiniment généreux,
Avant de monter au calvaire,
Le moyen de monter aux cieux.

*
* *

Par quatre mots, le prêtre,
Appuyé sur l'autel,
Entre ses doigts fait naître
L'Incréé, l'Éternel ;
Sa divine puissance
S'exerce en ma faveur :

Gloire et reconnaissance
A Jésus, mon Sauveur.

*
* *

Je crois de tout mon cœur la présence réelle ;
Au Très-Saint Sacrement j'adore mon Sauveur :
Non, Dieu de vérité, non, tu n'es point menteur ;
Ton langage est celui de la vie éternelle.

Tu l'as dit, c'est assez, ta parole est fidèle,
Et rien n'est impossible au Fils du Créateur :
En toi mon ignorance a trouvé son Docteur,
Et jamais ma raison ne te sera rebelle.

Au pain que je découvre, au vin je ne crois plus ;
Et, sans te découvrir, sans te voir, ô Jésus,
Je crois à ta présence et suis heureux d'y croire.

A l'incrédule fier de ses raisonnements
J'oppose une réponse et brève et péremptoire :
Puisqu'un Dieu ne ment pas, incrédule, tu ments.

*
* *

Je crois que dans l'Eucharistie
Est l'aimable Fils de Marie :

Le Dieu de Bethléem
Et de Jérusalem ;
Ou le Dieu de la crèche
Et le Dieu de la croix,
Que l'Évangile prêche
En tous lieux à la fois :
Le même sur la terre,
Le même dans le Ciel ;
Mon Seigneur et mon Père,
Mon bonheur éternel.

*
* *

Je crois que dans le grand Mystère
De l'adorable Sacrement,
Sous une espèce seulement
Et même un minime fragment,
Le chrétien reçoit toute entière,
Par une admirable faveur,
La personne du Dieu Sauveur :
Son corps, son sang, son âme
Et sa divinité ;
Je le crois, le proclame,
Et c'est là vérité.

*
* *

Je crois qu'au Très-Saint Sacrement
Jésus est véritablement
à chaque heure, à chaque moment
Ou sans cesse,
Depuis la consécration
Jusqu'à la consommation,
Ou la grave altération
De l'espèce.
Je rends grâce de tout mon cœur
A sa présence réelle,
permanente, paternelle
Et je bénis mon Créateur.

*
* *

Je crois qn'au Saint Autel,
Ainsi que dans le Ciel,
Des Anges,
Dans un chœur solennel,
Disent à l'Eternel :
Louanges !
Et que ce chant,
Le plus touchant,
Redoublera de zèle,

Quand, dans mon cœur,
Heureux, vainqueur,
Je recevrai mon Roi, mon Maître et mon Modèle.

*
* *

Je crois fermement
Que l'Eucharistie
Est un pain de vie,
Un vrai sacrement;
Que c'est un sacrifice
De parfaite justice,
D'adoration,
De reconnaissance,
D'expiation,
D'impétration :
Gloire au Dieu de bonté, d'amour et de puissance.

*
* *

Sans quitter la droite du Père,
Est venu le Verbe éternel :
A la crèche il s'est fait mon frère,
Il se fait mon pain à l'autel ;
Il fut ma rançon au calvaire,
Il sera ma couronne au Ciel.

Hostie sacrée et salutaire,
Tu sais qu'en ce séjour mortel
Mes ennemis me font la guerre,
Confonds leur dessein criminel.

*
* *

O Dieu caché du sacrement,
Quand ma raison te considère,
Je te le déclare humblement,
Tu l'écrases par ton mystère :
Je t'adore dévotement
Et te la soumets toute entière.

Le toucher, la vue et le goût,
Tu trompes tout ..
Tromper n'est pas ton rôle,
Je crois à ta parole ;
Je crois à ta véracité
Et rien n'est plus raisonnable,
Car rien n'est plus véritable,
Que l'éternelle vérité.

Ta seule nature divine,
O Dieu, se cachait sur la croix
Mais en vain ici j'examine,
Tu me caches tout à la fois :

Cependant, plein de confiance,
Je crois à ta double présence,
Et je te demande à l'instant
Ce que t'a demandé le larron pénitent.

Je ne recherche pas la trace
Des blessures qu'on fit sur toi,
Et je te proclame mon roi
Sans vouloir en toucher la place :
Daigne m'augmenter chaque jour
La foi, l'espérance et l'amour.

O pain vivant qui me donnes la vie,
O souvenir de la mort du Seigneur,
Fais que mon âme en toi reste ravie
Et trouve en toi son unique bonheur.

Je t'en supplie,
Que ton sang généreux
Me purifie,
O Pélican pieux.
L'ennemi le redoute
Car pour effacer le péché
Dont l'univers est entaché,
Il suffit d'une goutte.

Je te vois ici sans te voir,
O Jésus, comble mon espoir :
Accorde-moi la grâce
De te voir face à face,
Et d'être heureux à jamais
Dans ton glorieux palais.

*
* *

La divine Eucharistie
C'est pour moi le pain de vie ;
C'est le pain du Ciel,
O merveille !
Plus doux que le miel
De l'abeille ;
L'Emmanuel
Perpétuel ;
C'est la nouvelle manne
Qui n'a rien de profane;
Le prodige si beau
Où tout est si nouveau.
Des grâces d'En-Haut sur la terre
C'est l'incomparable Mystère,
Le résumé tout cordial,
Le merveilleux mémorial ;

C'est le mets délectable
Qu'un Dieu met sur sa table ;
C'est le grand festin des élus :
Le corps et le sang de Jésus ;
Le vin qui fait germer les vierges
Et resplendir comme des cierges ;
C'est le triomphe de l'amour,
L'immortel au mortel séjour ;
Mon espérance
Et ma puissance;
C'est mon honneur
Et mon bonheur;
Mon allégresse
Et ma richesse;
C'est mon trésor
Et c'est encor
Ma victoire
Et ma gloire ;
Ma seule foi,
Ma seule loi,
Mon divin roi,
Jésus, c'est Toi.

*
* *

Je suis le pain du Ciel descendu sur la terre :
Celui qui se nourrit de moi
Sera ressucité, comme il le croit, l'espère,
Peur régner auprès de son Roi.

Celui qui ne veut pas de ma chair adorable
Et de mon sang si précieux,
Faire son aliment et s'asseoir à ma table,
N'entrera jamais dans les Cieux.

*
* *

Sans recevoir l'Eucharistie,
Pauvre mortel, pauvre pécheur,
Je n'aurai point en moi la vie :
C'est la parole du Sauveur.
Pour ta leçon adorable,
Sois béni, Dieu secourable,
Puisque toi seul est mon roi,
Ta leçon seule est ma loi :
Toi seul est mon Père ;
Je te recevrai
Et bientôt, j'espère,
En toi je vivrai.

∴

Aux noces de Cana,
Déployant sa puissance,
Le Sauveur me donna
Un gage d'espérance :
En vin il daigna changer l'eau ;
Heureux présage
D'un autre changement plus beau,
D'un autre gage.
Grâce à ce mystère nouveau,
Sa chair est pain ; son sang, breuvage :
J'y trouverai, jusqu'au tombeau,
L'amour, la force et le courage ;
Et la ferme espérance,
Et la douce assurance
De la félicité
Pour une éternité.

∴

Je me suis réjoui
Dans l'heureuse nouvelle ...
O bonheur inoui !
O bonté paternelle !

Quoi! dans la maison du Seigneur!
J'irai recevoir mon Sauveur!
Tressaille, mon âme,
Prépare toi bien :
Pour un si graud bien,
Que l'amour t'enflamme

*
* *

Dans l'Auguste Sacrement,
J'espère
Recevoir prochainement,
Mon Père;
Et dans l'espoir que j'ai conçu,
Je ne puis pas être déçu :
Ce Dieu plein de tendresse
M'a laissé sa promesse.
Il sera désormais
Ma vie :
O sort digne à jamais
D'envie!

*
* *

Non! l'homme, chef-d'œuvre divin,
Ne vit pas seulement de pain ;

A cette noble créature,
Il faut du Roi de la nature,
Et la parole et l'aliment
Où l'adorable Sacrement :
O Jésus, tu l'as dit toi même,
Et de ta charité suprême
J'attends le céleste banquet
Que pour moi ton amour a fait.

*
* *

Tu vas donc venir dans mon cœur ;
Mais ô Jésus ! que suis-je ?
Pour te voir faire en ma faveur
Un semblable prodige !
Je ne suis rien, ô Dieu d'amour,
Que misère et faiblesse !
A l'approche de mon grand jour,
Transforme-moi sans cesse.

*
* *

Je crains, Seigneur Jésus, de m'approcher de toi :
Moi, sujet si petit devant un si grand Roi !
Le souverain Maître
Des Saints ;

Je n'ose paraître,
Je crains.
M'approcher ! paraître ! que dis-je ?
Prodige
De témérité !
Dieu de sainteté,
Je veux te recevoir au plus tôt dans mon âme ;
Et, quand je te le dis, je sens qu'elle s'enflamme.
Conserve-moi la crainte, adorable Jésus ;
Mais augmente ma confiance,
Augmente mon impatience,
Et fais briller en moi la reine des vertus.

*
* *

Pour recevoir le Dieu qui se donne au grand jour,
Il faut l'amour,
Juste retour
De l'Amour même.
Bonté suprême,
Fais que je t'aime ;
Et, dans mon cœur,
Mets cette ardeur
Qu'ont pour toi les élus au séjour du bonheur.

*
* *

Le Juif, dans le désert, a vécu de la manne,
Nourriture à la fois et sacrée et profane,
Il est mort :
Le chrétien qui recoit la Sainte Eucharistie
N'a point à redouter, un instant de sa vie,
Pareil sort.
Sa nourriture est immortelle
Et donne la vie éternelle.
O Jésus, daigne m'en nourrir
Et ne me laisse pas mourir.

*
* *

Divin Jésus, pour moi, chétive créature,
Vous êtes, à l'autel, breuvage et nourriture ;
A vous y recevoir je mets tout mon bouheur :
Nourrissez mon esprit et mon âme et mon cœur.

Nourrissez mon esprit ; et que votre lumière
En tout lieu, désormais, le dirige et l'éclaire :
Conservez-lui la foi, ce don si précieux,
Qu'il a reçu de vous pour acheter les Cieux.

Ft nourrissez mon âme ; ô Dieu plein de clémence,
Qu'à vivre de vous seul enfin elle commence :

Votre banquet pour elle est la félicité
Et le gage divin de l'immortalité.

Et nourrissez mon cœur ; si grande est sa faiblesse!
Nourrissez-le partout, nourrissez-le sans cesse ;
Vous êtes ici-bas son unique soutien :
Avec vous il peut tout, sans vous il ne peut rien.

***

O Dieu
De feu,
De flamme,
Descends,
Viens dans
Mon âme.

Festin
Divin,
Arrive ;
Par-toi,
Qu'en moi
Dieu vive.

Secours
Toujours
Fidèle,

Partout,
Soit tout
Pour elle.

*
* *

O jour des jours,
Que je t'aspire !
Pour toi toujours
Mon cœur soupire !
Ne tarde pas,
Hâte tes pas,
Je ne puis plus attendre :
Ne tarde plus,
O doux Jésus,
Ton cœur vient de m'entendre.

*
* *

Le jour où je reçois mon Père
Pour la première fois,
C'est mon plus beau jour sur la terre ;
Mais si je le reçois,
O malheur déplorable !
Dans une âme coupable,
Hélas ! le plus beau de mes jours
Est le plus affreux pour toujours !

Mais si je m'approche en indigne
De la Sainte Communion,
Au lieu d'une faveur insigne
Je prends ma condamnation.
Mon adorable Maître,
Ne permets pas
Qu'envers toi je sois traître,
Comme Judas ;
Ne permets pas, vierge Marie,
Qu'aveugle ennemi de mon sort,
Avec un instrument de vie
Je fasse un instrument de mort ;
Ne permets pas, ange qui me protège,
Que je commette un si grand sacrilège ;
Mais toi même au banquet divin
Viens me conduire par la main.

*
* *

Je te salue, ô véritable corps
Né de la Vierge Marie.
O bon Jésus, pour expier mes torts,
Tu voulus perdre la vie.
Ton côté,
Fut percé

Et du haut du calvaire,
Spectacle nouveau,
A versé sur la terre
Du sang et de l'eau.
Soutiens ma nature,
Veille sur mon sort ;
Sois ma nourriture,
Surtout à la mort ;
Et, détachant mon cœur de ce monde funeste,
Donne-lui l'avant-goût du royaume céleste :
O doux Sauveur ! ô divin roi !
Regarde, et prends pitié de moi.

*
* *

Vous qui régnez aux cieux,
Que tout vénère
Votre nom glorieux ;
O notre Père,
Régnez partout,
Régnez sur tout.
Que votre volonté divine
Sur toutes les autres domine ;
Que les hommes, de plus en plus,
La fassent comme les élus.

O Roi de la nature,
Ouvrez vos trésors ;
Donnez leur nourriture
Aux âmes, aux corps ;
Pardonnez notre offense,
Comme nous pardonnons ;
Dans les tentations,
Prêtez-nous assistance ;
Délivrez-nous du mal, et d'un monde meilleur
Faites-nous partager, avec vous, le bonheur.

* * *

Salut, ô Marie,
De grâce remplie :
Dans votre cœur
Est le Seigneur ;
Vous êtes bénie,
O Vierge chérie,
Entre les filles d'Israël,
Les saints de la terre et du Ciel ;
Et le fruit tout adorable
De votre sein vénérable,
Plus que le reste réuni,
Est lui même à jamais béni.

O Mère de Dieu, notre Mère,
Nous sommes tous
A vos genoux :
Dès maintenant priez pour nous
Et surtout à l'heure dernière.

*
. .

Je crois en Dieu Tout Puissant
Et seul grand :
Je crois en Dieu le Père,
Créateur
Et Seigneur
Du Ciel et de la terre.
Je crois en Jésus-Christ
Son fils unique,
Conçu du Saint-Esprit,
Né d'une Vierge pudique ;
Et qui pour nous souffrit.
Sous Pilate, juge inique ;
Fut humilié,
Fut crucifié,
Est mort, subit la sépulture,
Comme une simple créature ;
Descendit aux enfers, et le troisième jour,

Ressuscita vainqueur, triomphant à son tour ;
Est monté dans les cieux, et du Père céleste
Est assis à la droite, où désormais il reste ;
D'où pourtant il viendra, majestueux alors,
Juger les vivants et les morts.
Je crois à l'Esprit-Saint, égal au Père, au Fils,
Et régnant avec eux sur les autres esprits ;
A l'Eglise catholique,
Une, sainte, apostolique ;
A la communion
De ses membres luttant en cette triste vie,
Souffrant au Purgatoire, heureux dans la Patre ;
A la rémission
De toute offense
Pour celui qui fait pénitence ;
A la résurrection,
A l'éternelle Sion,
Au Ciel avec ses délices,
A l'enfer, à ses supplices.

Dieu de la croix,
Ainsi je crois,
Ainsi, conservant ta mémoire,
Je veux à jamais croire.

CHANTS.

Vierge Marie, exaucez nous

ou

Esprit-Saint adapté à Marie.

Air : *Esprit-Saint, descendez en nous.*

REFRAIN.

Vierge Marie, exaucez-nous,
Et remplissez nos cœurs de vos dons les plus doux.

I

Sans vous notre vaine prudence
Ne peut, hélas ! que s'égarer ;
Ah ! dissipez notre ignorance (*bis*),
Reine d'intelligence,
Venez nous éclairer.

II

Le noir enfer pour nous livrer la guerre
Se réunit au monde séducteur;
Tout est pour nous embûche sur la terre :
Soyez (*bis*) l'asile du pécheur. (*bis*).

III

Enseignez-nous la divine sagesse ;
Seule elle peut nous conduire au bonheur :
Dans ses sentiers qu'heureuse est la jeunesse !
Qu'heureuse est la vieillesse !

Voilà tous nos vœux.

Air : *Le voici l'Agneau si doux.*

REFRAIN.

T'aimer, ô Reine des Cieux,
Voilà notre envie ;
T'aimer, ô Reine des Cieux,
Voilà tous nos vœux.

I

Ton amour demande
Une sainte ardeur ;

Bénis notre offrande :
Voilà notre cœur.

II

Du monde qui passe
Fuir les vains plaisirs,
Marcher sur ta trace :
Voilà nos désirs.

III

O bonheur suprême
Du divin séjour !
Ton fils et toi-même :
Voilà notre amour.

Notre-Dame des enfants.

Airs : *Suivons les rois dans l'étable ;*
N.-D. des Ardents ; le Saint-Cierge d'Arras.

I

O bonne et tendre Marie,
Nous prions à tes genoux ;
O Mère toujours chérie,
Daigne nous exaucer tous ;

De ta main douce et puissante,
Soutiens nos pas chancelants ;
Et qu'en toi l'enfance chante
Notre-Dame des Enfants.

II

Nous promettons d'être sages
Et nous ne le sommes pas :
Viens nous rendre moins volages
Et nous fixer sur tes pas.
Nous te prenons pour modèle,
Toi si parfaite à trois ans,
Et nous suivrons avec zèle
Notre-Dame des Enfants.

III

Ennemi de la sagesse,
Jaloux de notre bonheur,
L'enfer nous porte sans cesse
A trahir le Dieu Sauveur.
Contre les esprits rebelles
Garde nos cœurs innocents,
Et nos âmes toujours belles,
Notre-Dame des Enfants.

IV

Le Dieu d'amour nous appelle,
Nous irons le recevoir :
O gracieuse nouvelle !
O délicieux espoir !
Pour une action si sainte,
A tous les communiants
Obtiens l'amour et la crainte,
Notre-Dame des Enfants.

V

Bénis toujours ceux et celles
Qui nous disent chaque jour,
Et tes bontés maternelles
Et ton maternel amour.
A tous montre tes tendresses,
Conserve nos chers parents,
Nos maîtres et nos maîtresses,
Notre-Dame des Enfants.

Le Catéchisme.

Air : *Bénissons à jamais.*

AVANT.

REFRAIN.

Goûtons avec bonheur }
La parole du Seigneur. } *bis.*

I

Apprenons à connaître,
A louer, à chérir,
Apprenons à servir
Notre adorable Maître.

II

A la docile enfance
Il enseigne sa loi,
Et l'instruit dans la foi,
L'amour et l'espérance.

III

Sainte Vierge Marie
Faites-nous écouter,

Et comme vous goûter
Les paroles de vie.

APRÈS.

REFRAIN.

Gardons dans notre cœur
La parole du Seigneur. } *bis.*

I

Dieu de toute sagesse,
Nous vous remercions ;
Que vos instructions
Nous dirigent sans cesse.

II

Votre aimable doctrine,
Sans rigueur et sans fiel,
A la douceur du miel :
Elle est toute divine.

III

Dans nos cœurs, ô Marie,
Faites-nous conserver,
Et pour jamais graver
Les paroles de vie.

Petit Jèsus.

Air : *Vive Jésus.*

I

Petit Jésus,
Infiniment aimable,
Sois tous les jours aimé de plus en plus ;
Petit Jésus, trésor inestimable,
Mon seul bonheur et ma joie ineffable,
Petit Jésus (*bis*).

II

Petit Jésus,
Accorde-moi la grâce
De pratiquer tes aimables vertus ;
Tout ici bas s'évanouit, tout passe :
Je veux marcher sur ta divine trace,
Petit Jésus (*bis*),

III

Petit Jesus,
Tu gémis sur la terre,
Et dans le Ciel règnes sur les élus ;

Petit Jésus, c'est en toi que j'espère,
Petit Jésus, exauce ma prière,
Petit Jésus (*bis*).

Cher enfant.

Air : *Le voici l'Agneau si doux.*

REFRAIN.

Cher enfant, donne au Seigneur
Ton cœur et ton âme,
Cher enfant, donne au Seigneur
Ton âme et ton cœur.

I

Le Sauveur appelle
Les enfants pieux ;
La vie éternelle
Est faite pour eux.

II

Oui, dès ton enfance,
Docile au Seigneur ;
Sois avec constance
Son vrai serviteur.

III

Au jour du Baptême,
Premier des beaux jours,
Tu juras toi même
De l'aimer toujours.

IV

Jésus dans ton âme,
Bientôt descendra,
De sa vive flamme
Il t'enflammera.

V

D'un monde volage
Fuis l'attrait trompeur,
Sois fidèle et sage :
Voila ton bonheur.

L'Ange Gardien.

Air : *Nous n'avons à faire*
Que notre salut.

REFRAIN.

L'ange du Seigneur
Est mon protecteur (*bis*).

I

Protecteur fidèle,
Veillez sur mes jours ;
Soyez mon secours,
Et mon guide et mon modèle.

II

La bonté suprême,
A vos soins touchants
Confia mes ans
Et mon éternité même.

III

Ange tutélaire,
Prêtez-moi la main ;
Et de mon chemin,
Ecartez au loin la pierre.

IV

Offrez ma prière,
Mon esprit, mon cœur
A mon doux Sauveur,
A ma douce et tendre mère.

V

Rendez-moi fidèle
A vous écouter,
A bien profiter
De votre aimable tutelle.

L'Eucharistie.

Air : *Par les chants les plus magnifiques.*

I

Célébrons de l'Eucharistie
La douceur, la grâce et l'amour :
C'est le pain de force et de vie
Qu'un Dieu nous offre en ce séjour.
En adorant dans ce mystère
Son corps et son sang précieux,
Nous serons bénis sur la terre
Et nous régnerons dans les Cieux } *bis.*

II

Que pouvait le Dieu de puissance
Faire plus en notre faveur?

Soyons pleins de reconnaissance
Pour un si tendre bienfaiteur :
En prenant ce mets salutaire
Nous deviendrons comme des dieux ;
Nous serons etc.

III

Comment un Dieu si charitable
Peut il rencontrer des ingrats ?
Et quand il invite à sa table
Comment tous n'y volent-ils pas !
En répondant à ce bon Père
Dont l'appel est si gracieux.
Nous serons, etc.

Préparation à la 1re Communion.

Air : *Le voici l'Agneau si doux.*

REFRAIN.

O mon aimable Sauveur,
Prépare mon âme ;
O mon aimable Sauveur,
Prépare mon cœur.

I

Le grand jour approche
Et tu vas venir :
Rends-moi sans reproche,
Daigne me bénir.

II

Ta grâce m'invite,
O Dieu de bonté,
Détruis au plus vite
Ma légèreté.

III

Soutiens mon courage
Et matin et soir;
Fais que je sois sage
Pour te recevoir.

IV

O Majesté Sainte,
Pour un si beau jour,
Remplis-moi de crainte,
Remplis-moi d'amour.

V

Viens, divin modèle,
Te donner à moi :
Je serai fidèle,
Viens, je suis à toi.

Il vient le beau jour.

Air : *Combien j'ai douce souvenance.*

I

Il vient le beau jour de ma vie,
Jour à jamais digne d'envie :
Un Dieu, mon principe et ma fin,
Convie
Mon âme heureuse à son festin
Divin.

II

Je vais recevoir sur la terre,
O doux prodige ! ô doux mystère !
Le Maître et le Roi des vertus,
Mon père,

Et les délices des élus,
Jésus.

III

Prépare mon âme toi-même,
O Dieu d'amour, fais que je t'aime,
Et désormais sois mon bonheur
Suprême ;
Prépare, adorable Sauveur,
Mon cœur.

Aimons Jésus.

Air : *Il n'est pour moi qu'un seul bien sur la terre.*

I

Aimons Jésus : Il a daigné lui même
Nous honorer de son ardent amour.
Il est bien digne et bien juste qu'on l'aime,
Ne faut il pas le payer de retour ?

REFRAIN.

A Jésus, notre Père,
Notre ami, notre frère ;

A Jésus seul notre aimable sauveur,
Tous aujourd'hui consacrons notre cœur (*bis*).

II

Aimons Jésus : pour nous il s'est fait homme,
Il a souffert, il est mort sur la croix ;
De ses bontés qui peut dire la somme ?
Aimons le donc et mille et mille fois.

III

Aimons Jésus : pour nous dans son Eglise
Il a dressé le banquet des élus ;
Que de son cœur le vœu se réalise :
Aimons Jésus, chrétien, aimons Jésus.

IV

Aimons Jésus, pour nous, heureux mystère !
Il a conquis un trône glorieux :
Ah ! qu'il est doux de l'aimer sur la terre !
Ah ! qu'il est doux de l'aimer dans les cieux !

Au Saint Autel.

Air : *Je suis chrétien*.

REFRAIN.

Au saint autel j'adore un père,
Le Roi de la terre et du Ciel ;
Je crois en Dieu, j'aime, j'espère,
Au saint autel, au saint autel.

I

Au saint autel, dans sa tendresse,
Jésus m'attend pour me bénir ;
A cette source d'allégresse
J'aime à venir et revenir.

II

Au saint autel, ma nourriture
Se prépare chaque matin :
Approche, heureuse créature,
De ce délicieux festin.

III

Au saint autel est ma puissance
Dans les faiblesses d'ici-bas ;

Le gardien de mon innocence,
Ma victoire dans les combats.

IV

Au saint autel, si mon bon Maître
Ne m'apparait point en ce jour,
N'ai-je pas pour l'y reconnaître
La foi, l'espérance et l'amour ?

Amour au Dieu de l'Autel.

Airs : *Suivons les rois dans l'étable ; N.-D. des Ardents ; le Saint-Cierge d'Arras.*

I

Amour à Jésus hostie
Dans son banquet tout divin ;
Amour à l'Eucharistie,
A l'adorable festin ;
Amour au Maître suprême
Et de la terre et du Ciel ;
Amour à l'Amour lui même,
Amour au Dieu de l'Autel.

II

Jésus dans le tabernacle
A résider se réduit :
O perpétuel miracle
Et du jour et de la nuit !
Que de fois on l'y condamne
A l'ennui le plus cruel !
Gloire à la nouvelle manne,
Amour au Dieu de l'Autel.

III

L'amour à grands cris réclame
La plus intime union :
Hâte-toi, viens dans mon âme,
Dieu de la Sainte Sion ;
Accorde-lui sur la terre,
Des jouissances du Ciel
Un avant-goût salutaire :
Amour au Dieu de l'Autel.

IV

J'aimerai le Dieu qui m'aime
Et jusqu'au jour du trépas.

A jamais soit anathème
Celui qui ne l'aime pas.
Toi dont la beauté m'enchante
Fais qu'au séjour immortel ;
Avec les élus je chante :
Amour au Dieu de l'Autel.

O doux espoir.

Air : *Vive Jésus.*

I

O doux espoir !
Je pourrai dans mon âme,
Divin Jésus, bientôt te recevoir :
J'aime à le dire et ma voix le proclame ;
Avec bonheur d'avance je t'acclame,
O doux espoir (*bis*) !

II

O doux espoir !
La sagesse infinie
A déployé son immense pouvoir :

Pour se donner à mon âme ravie,
Un Dieu s'est fait et chair et pain de vie,
O doux espoir (*bis*) !

III

O doux espoir !
L'heureux moment approche
Et je l'attends le matin et le soir :
Daigne, ô Jésus, me rendre sans reproche,
Et du grand jour fais retentir la cloche,
O doux espoir (*bis*) !

O doux Jésus, daigne venir en moi.

Air : *Quel doux penser me transporte et m'enflamme.*

I

O doux Jésus, mon Sauveur et mon Père,
Mon divin Maître et mon unique Roi,
C'est en Toi seul qu'en ce monde j'espère :
O doux Jésus, daigne venir en moi.

II

O doux Jésus, la charité te presse,
Tu te fais pain pour que je vive en toi ;

Daigne hâter l'effet de ta tendresse :
O doux Jésus, daigne venir en moi.

III

O doux Jésus, au Ciel et sur la terre
Ta volonté c'est la règle, la loi :
Pour que je puisse et l'aimer et la faire,
O doux Jésus, daigne venir en moi.

La Confession.

Air : *Bravons les enfers.*

REFRAIN.

Tombons à genoux,
Jetons loin de nous,
Le poids qui nous accable ;
Dieu, toujours si bon,
Offre le pardon,
Même au pécheur le plus coupable.

I

Jésus déclare que jamais
Il ne refusera sa grâce,

Au pécheur qui veut désormais
Marcher humblementsur sa trace.

II

Il ne pouvait exiger moins
Que le simple aveu de l'offense,
Sans publicité, sans témoins,
Quelle paternelle indulgence !

III

Ah ! ne craignons point de parler,
Evitons toujours le mensonge ;
Et gardons-nous bien de céler
Un affreux serpent qui nous ronge.

PENDANT

PENSÉES.

*
* *

Enfin! voici le jour
Que mon ardent amour
Depuis longtemps appelle :
O jour délicieux,
Pour la terre et les cieux
Que ton aurore est belle !
Que ton soleil est beau !
Dans ce brillant flambeau
Je reconnais Dieu même ;
Que ton sourire est doux !
C'est celui de l'Époux
Que j'attends et que j'aime.

*
* *

J'étais faible et pécheur :
Pour mon bonheur,

O doux mystère !
Voici le jour
Qu'un Dieu d'amour
A daigné faire.
A l'Eternel,
Au Roi du Ciel
Et de la terre,
En moi que tout
Dise partout :
Amour sincère.

*
* *

O jour divin
Du grand festin,
Je te salue ;
O pain des Cieux
Si précieux,
Perce la nue ;
Viens dans mon cœur,
Fais son bonheur,
    Viens vite !
Tu sais qu'en Lui
Tout aujourd'hui
    T'invite.

*
* *

J'ai levé mes regards vers les saintes collines,
Attendant le Seigneur ;
Je viens d'être l'objet de ses bontés divines,
Et je l'ai dans mon cœur.
Mes vœux sont accomplis, les siens le sont de même;
Cet adorable Roi,
Plus encor qu'après Lui je soupirais moi-même,
Soupirait après moi.
Pourtant à son bonhenr suprême,
Sinon Lui seul, il ne faut rien :
C'est donc à son amour extrême
Que je dois aujourd'hui le mien.

*
* *

Autant que le cerf altéré,
Dans la forêt ou dans la plaine,
Désire l'eau de la fontaine,
O Jésus, je t'ai désiré :
Je t'acclame,
Et proclame
Que, grâce à tes bienfaits,
Si parfaits,

Mes vœux sont, pour jamais,
Satisfaits.

*
* *

Le Seigneur est vraiment un père de famille,
Et partout ses enfants sont comblés de bienfaits ;
A son petit garçon, à sa petite fille,
Il offre le plus saint, le plus doux des banquets :
Bonté suprême!
Il daigna m'appeler à me nourrir de Lui,
Oh! du moins que toujours aussi bien qu'aujourd'hui,
Je l'aime!

*
* *

Pour la première fois je possède mon Père ;
Le pain qui me nourrit est plus doux que le miel,
Et des maux d'ici-bas je ne sens plus le fiel :
Mon bonheur et ma joie absorbent ma misère.

O jour de mes beaux jours le plus beau sur la terre,
De l'immortalité j'ai le gage immortel :
Le Ciel est dans mon cœur! mon cœur est dans le Ciel!
O Mystère d'amour ! ô ravissant Mystère !

Ne cesse pas, Jésus, de demeurer en moi ;
A la vie, à la mort je veux rester à toi :
Tu fais et tu feras mes plus chères délices.

Mon âme, goûte en paix le Dieu de charité ;
Pour lui sois toujours prête à tous les sacrifices :
Aime-le pour le temps et pour l'éternité.

*
* *

Quand je reçois mon divin Maître,
Il daigne affranchir tout mon être
Des chaînes de l'iniquité :
O bienheureuse liberté !

Au festin de sa Providence
Il invite sans préférence
La richesse et la pauvreté :
O merveilleuse égalité !

Dès qu'on le possède en son âme,
Tout y redit, tout y proclame
La fraternelle charité :
O parfaite fraternité !

*
* *

O banquet des élus ! ô céleste festin !
Où le convive trouve un aliment divin
Et reçoit en nourriture,
Le Maître de la nature ;

Où l'on rappelle au pécheur
La passion du Sauveur ;
Où l'âme
Que remplit
Jésus-Christ
S'enflamme ;
Où se donne au mortel de bonne volonté
Un gage d'immortalité,
De victoire
Et de gloire
Pour une éternité.

*
* *

Si ton amour comprend
Et s'enflamme,
Que ton bonheur est grand,
O mon âme !
Si tu sais le don divin
Que tu reçus ce matin,
Sois dans l'allégresse,
Goûte du Sauveur
La douceur,
La tendresse ;
Ton trésor
Abonde,

Plus que l'or
Du monde ;
La terre et même les Cieux
N'ont rien de plus précieux :
Perds tout s'il faut tout perdre, et jusques à la vie,
Mais de l'Eucharistie
Conserve les bienfaits
A jamais.

*
* *

O terre ! ô Cieux ! mon bonheur est extrême ;
Je sens pourquoi :
Je l'ai trouvé Celui que mon cœur aime,
Mon divin Roi ;
Comme à jamais je suis à Lui moi-même,
Il est à moi ;
Toujours sa loi sera ma loi suprême,
Ma seule loi ;
Voulant du mal fuir l'apparence même,
Avec effroi,
O noir Satan, je te dis anathème,
Retire-toi.

*
* *

O beau jour ! O bonheur suprême !
Jésus vient être mon appui ;
Je sens qu'Il habite en moi-même
Et moi-même j'habite en Lui.
Comme deux cires qu'on rassemble,
Et que le feu dissout ensemble,
N'en font plus qu'une en ce moument:
Ainsi, quand une âme est fidèle,
Jésus ne fait qu'un avec elle
Dans l'adorable Sacrement.
O mystère ineffable !
O divine union !
Dans la sainte Sion
Est-il rien de semblable !

*
* *

Je vis, oh non ! je ne vis plus ;
C'est Toi qui vis en moi, Jésus :
Avec moi fixe ta demeure ;
Reste jusqu'à ma dernière heure ;
Pour toujours prends soin de mon sort ;
Vis en moi le jour de ma mort,

Et fais qu'en Toi, dans la Patrie,
Je trouve l'éternelle vie.

***

Jour de Jésus,
Jour des élus,
Jour de victoire ;
Jour des bienfaits
Les plus parfaits,
Et jour de gloire ;
O miel !
O jour ineffable !
O jour adorable !
O Ciel !

***

O jour céleste, o jour divin,
Qu'avec toi l'existence est belle !
Sois encore présent demain
Et jusqu'à la vie éternelle ;
Sois toujours présent à mon cœur
Et que tout cède à ta présence :
O doux Jésus, sois mon bonheur
Et ma trop grande récompense.

*
* *

Gloire à Jésus ! gloire à Marie !
O jour dont mon âme est ravie,
Et qu'un chrétien jamais n'oublie !
Ah ! que ma langue, désormais,
Reste attachée à mon palais
Si je puis t'oublier jamais!

*
* *

O jour heureux, trois fois heureux,
Qui, me donnant le Roi des Cieux,
Me procures en cette vie
Un avant-goût de la Patrie !
O jour que j'aimerai toujours !
O jour le plus beau de mes jours !

*
* *

O mon âme, toujours tu dis la même chose,
Expliques-en la cause.
Je dis ce qu'entre tout je trouve de plus beau
En ce grand jour de fête ;
Répété mille fois, il est toujours nouveau
Le cri que je répète.

O jour
D'amour !
Je veux te dire et te redire encore ;
Puisque, par toi,
Je sens en moi
Le Dieu si doux que j'aime et que j'adore,
Oui, mon âme toujours,
Dis le plus beau des jours,
Dis et chante ;
Dis et chante Celui
Qui te nourrit de Lui,
Qui t'enchante ;
Enfin réjouis-toi
Et sois dans l'allégresse,
En bénissant ton Roi
Et partout et sans cesse.

***

Il est juste, il est nécessaire
De célébrer le Dieu d'amour ;
Dans tous les temps il faut le faire,
Il le faut surtout en ce jour :
Que le Ciel et la terre
Le fassent tour à tour.
Saints élus et saints anges,

O célestes phalanges ;
Proclamez ses louanges ;
Et que tout désormais,
A jamais, à jamais,
Redise ses bienfaits.

*
* *

Célébrons en ce jour par des chants d'allégresse
Une auguste solennité,
Et que chacun de nous, plein de zèle, s'empresse
Aux pieds du Dieu de majesté.

En nous que le vieil homme à jamais disparaisse ;
Que tout se refasse à la fois ;
Que tout se renouvelle, ô cieux ! que tout renaisse :
Les œuvres, les cœurs et les voix.

O pieux souvenir ! cette fête rappelle
La grande nuit où le Sauveur,
Daignant instituer une Pâque nouvelle,
S'est fait l'aliment du pécheur.

Le repas terminé selon la règle antique,
Il prit le pain, il prit le vin ;
Et bientôt, à son Père adressant un cantique,
Il servit un mets tout divin.

Prenez, prenez mon corps, dit-il à ses apôtres,
Prenez mon sang, buvez en tous :
Il sera répandu pour vous et pour les autres :
Les autres, ô mortels, c'est nous.

C'est ainsi qu'il a fait l'adorable mystère
Où je vois tout se prosterner :
Seul après lui le prêtre a le droit de le faire,
De le prendre et de le donner.

L'homme dans son exil mange le pain des anges,
O Dieu comme il doit te bénir !
Il n'aura point assez, pour dire tes louanges,
Du présent ni de l'avenir.

A toi, Trinité Sainte, amour, honneur, victoire,
Dans tous les temps, dans tous les lieux ;
Daigne-nous introduire au séjour de la gloire,
Et triomphe au plus haut des cieux.

*
* *

Jésus est un souvenir doux
Qui procure la joie à tous ;
Mais son adorable présence
Est la douceur par excellence.

Il n'est rien d'aimable à chanter,
Rien d'agréable à méditer,
Comme la charité suprême
De Jésus la charité même.

Propice aux petits comme aux grands,
Il est l'espoir des pénitents ;
Pour qui le cherche il est un aide ;
Il est tout pour qui le possède.

La langue ne peut exprimer,
Le bien qu'on éprouve à l'aimer ;
La lettre ne peut pas l'écrire ;
L'expérience peut le dire.

Dans le royaume des élus
Soyez notre joie, ô Jésus ;
Soyez notre heureuse victoire,
A jamais soyez notre gloire.

*
* *

Loue, heureuse Sion, ton Sauveur et ton Père,
Dans tes cantiques, dans ton cœur ;
Jamais, pour le louer, tu ne pourras trop faire :
Loue et ton Chef et ton Pasteur.

Jamais tu ne pourras, quoi que ton âme fasse,
Louer assez matin et soir :
Ah ! du moins, arme-toi de la plus sainte audace
Pour louer de tout ton pouvoir.

En ce jour, à l'ardeur de tes justes louanges
Se présente un nouveau sujet :
De tes chants, ô merveille à chanter par les anges,
Un pain vivant devient l'objet.

C'est ce pain qu'autrefois, à la dernière cène,
Aux apôtres donna Jésus :
Je l'ai cru, je le crois et d'une fois certaine,
Je le croirai de plus en plus.

Devant ce mets divin que la louange éclate,
Qu'elle retentisse en tout lieu ;
Pleinement satisfait que le cœur se dilate,
Et que tout rende gloire à Dieu.

D'un mémorable jour, d'une heure solennelle
Il faut célébrer le retour ;
Il faut remercier la bonté paternelle
Qui fit le mystère d'amour.

En cet incomparable et merveilleux mystère,
A la table du nouveau roi,
La Pâque des chrétiens termine sur la terre
La Pâque de l'ancienne loi.

L'aimable vérité pour nous se manifeste,
L'ombre aussitôt s'évanouit ;
A nos yeux apparait une clarté céleste,
La lumière chasse la nuit.

Ce que le Rédempteur daigna faire lui même,
Le prêtre en tous lieux aujourd'hui,
Sitôt qu'un nouveau jour à l'autel le ramène,
Le fait en mémoire de lui.

Instruit par son exemple, instruit par sa parole,
Il prend le pain, il prend le vin;
Et les change à son tour, ô le sublime rôle.!
En un aliment tout divin.

C'est un dogme de foi pour l'enfant de l'Eglise,
Que dans l'auguste Sacrement,
La parole du prêtre à l'instant réalise
Cet admirable changement.

*
* *

A la foi, que l'on puisse ou ne puisse comprendre,
La raison doit se conformer:
Pour elle qu'il est doux de croire et de se rendre
Quand Dieu même vient affirmer.

Sons des signes divers, de simples apparences
Ou signes sans réalité,
Se cachent à mes yeux et des magnificences
Et des trésors de vérité.

Sa chair est nourriture et son sang est breuvage;
Mais, je ne dois pas l'oublier:
Sous l'une et l'autre espèce, et sans aucun partage,
Jésus-Christ reste tout entier.

Celui qui le reçoit dans l'adorable hostie,
Ne le reçoit point divisé:
Il est toujours entier le Maître de la vie,
Jamais rompu, jamais brisé.

Il est pris par un seul, il est pris par un mille:
L'un n'a pas moins; mille, pas plus;
Et moi, dans son mystère infiniment fertile,
Je retrouve encore Jésus.

Le bon et le méchant le reçoivent de même ;
Mais non avec le même sort :
Le bon reçoit la vie, ô différence extrême !
Et le méchant reçoit la mort.

*
* *

S'il arrive parfois qu'un partage s'opère
Dans l'espèce du Sacrement,
Jésus était entier sous une espèce entière,
Il est entier sous un fragment.

Point de division, jamais, dans la substance ;
Mais dans le signe du Sauveur :
Il garde son état, il garde sa puissance,
Et sa stature ou sa grandeur.

Voici le pain des Cieux descendu sur la terre,
Devenu le pain des chrétiens ;
C'est le pain des enfants dont Jésus est le Père :
Qu'on ne le jette point aux chiens.

Il fut représenté dans plus d'une figure :
Et quand Isaac fut offert,
Et quand l'agneau pascal fut pris en nourriture
Et dans la manne du désert.

O Jésus Bon Pasteur, ô pain très-véritable,
Ayez pitié de nous, Jésus ;
Nourrissez-nous toujours, soyez nous secourable,
Et de nous faites des élus.

Vous avez le pouvoir, la science en partage,
O Père tendre et généreux,
Accordez-nous à tous le céleste héritage
Dans la cité des bienheureux.

*
* *

Chante, ô ma langue, le Mystère
Du corps glorieux de Jésus,
Et du sang précieux qu'un Père
Versa pour former ses élus.

Né d'une Vierge sur la terre,
Cet admirable Roi des Cieux
Voulut terminer sa carrière
Par un prodige merveilleux.

Au dernier repas les apôtres,
Heureux entre tous les humains,
Avant de le donner aux autres,
L'ont reçu de ses propres mains.

Sa parole, qui fit le monde,
En son corps a changé le pain ;
Et, toujours puissante et féconde,
En son sang a changé le vin.

Si la raison est inhabile
A comprendre un pareil récit,
Pour affermir un cœur docile
La foi suffit, la foi suffit.

Adorons donc, peuple fidèle,
Ce grand Mystère avec respect ;
Adorons la Paque nouvelle,
Adorons le divin banquet.

Louange, honneur, gloire, puissance
Au Dieu de toute Majesté ;
Hommage, amour, reconnaissance
Pour le temps et l'éternité.

CHANTS.

Il est venu.

Air : *Combien j'ai douce souvenance.*

I

Depuis que je suis sur la terre,
Le Dieu du Ciel que je révère
Fut toujours mon fidèle appui,
Mon père :
Il vient me nourrir aujourd'hui,
De Lui.

II

Pour une simple créature,
Quelle ineffable nourriture !
A mon âme ce mets divin
Assure
Une heureuse place au festin
Sans fin.

III

Je vis, je ne vis plus moi-même ;
Tu vis en moi, Bonté suprême ;
Tu me fais goûter un bonheur
Extrême,
En remplissant de ta douceur,
Mon cœur.

IV

Tendresse toute paternelle,
J'ai trop longtemps été rebelle ;
Je serai, je te le promets,
Fidèle
Au souvenir de tes bienfaits
Parfaits.

V

Mais tu sais ma grande faiblesse :
Pour que je tienne ma promesse,
Ah ! daigne protéger mes jours
Sans cesse ;
Oui, daigne rester mon secours,
Toujours.

VI

Des Cieux admirables phalanges,
Venez, prêtez-moi vos louanges;
Avec moi, bienheureux élus,
Saints Anges,
Venez chanter de plus en plus
Jésus.

Mon plus beau Jour.

Air : *Je suis chrétien.*

Refrain.

Mon plus beau jour ! ô doux Mystère,
Je possède le Dieu d'amour :
Il brille pour moi sur la terre,
Mon plus beau jour, mon plus beau jour.

I

Mon plus beau jour ! quelle allégresse !
Je l'ai si longtemps attendu :
Le Dieu du Ciel, quelle tendresse !
Est dans mon âme descendu.

II

Mon plus beau jour ! gloire, louanges
A Celui qui fait mon bonheur :
Aidez-moi, saints élus, saints anges,
A célébrer mon Créateur.

III

Mon plus beau jour ! toute ma vie
J'en garderai le souvenir :
Je vous bénis, Jésus, Marie,
Ne cessez pas de me bénir.

Mon plus beau Jour sur terre.

Airs : *C'est le mois de Marie ; noble époux de Marie; heureux le cœur fidèle; partant pour la Syrie ; volons, volons, mon âme.*

Refrain.

Mon plus beau jour sur terre,
C'est quand je vous reçois,
O mon aimable Père,
Pour la première fois.

I

Quel feu divin m'enflamme,
En ce jour de bonheur !
Jésus est dans mon âme,
Jésus est dans mon cœur !

II

O prodige admirable,
Tout pour nous est commun !
O merveille ineffable,
Nous ne faisons plus qu'un !

III

Mon adorable Maître,
Qui pourra, désormais,
Me faire méconnaître
Vos immenses bienfaits !

IV

A vous, bonté suprême,
A vous, ô Dieu d'amour,
Je me donne moi-même,
Sans retard, sans retour.

Le Dieu d'amour est à moi pour jamais.

Air : *Quel doux penser me transporte et m'enflamme.*

I

Le Dieu d'amour repose dans mon âme ;
Ah ! je le sens ! mes vœux sont satisfaits :
Quel feu divin en ce beau jour m'enflamme !
Le Dieu d'amour est à moi pour jamais.

II

Le Dieu d'amour, touché de ma misère,
Vient me combler de ses plus grands bienfaits;
Je n'ai plus rien à chercher sur la terre :
Le Dieu d'amour est à moi pour jamais.

III

Le Dieu d'amour est toute ma richesse,
Et c'est lui seul que j'aime désormais ;
Monde trompeur, porte ailleurs ta promesse :
Le Dieu d'amour est à moi pour jamais.

Magnificat.

Airs : *C'est le Mois de Marie ; noble époux de Marie ; heureux le cœur fidèle ; partant pour la Syrie; volons, volons, mon âme.*

Réfrain.

Je bénirai sans cesse
La bonté du Seigneur :
Il remplit d'allégresse
Et mon âme et mon cœur.

I

O Sagesse adorable
De mon céleste Roi !
Quel prodige admirable
Elle accomplit en moi !

II

Dieu de miséricorde,
A ses vrais serviteurs,
En tous temps il accorde
Ses insignes faveurs.

III

Il remplit la promesse
Qu'il a faite autrefois ;
O mon âme, sans cesse,
Bénis le Roi des rois.

Que toute créature bénisse le Seigneur.

Air : *Volons, volons, mon âme.*

REFRAIN.

Le Roi de la nature
Repose dans mon cœur :
Que toute créature
Bénisse le Seigneur.

I

Que les Saints et les Anges,
Au sein du vrai bonheur,
Célèbrent ses louanges,
Bénissent le Seigneur.

II

Que le sujet, le maître,
L'ignorant, le docteur,

Le laïque, le prêtre,
Bénissent le Seigneur.

III

Que partout les montagnes,
Les champs du laboureur,
Les villes, les campagnes,
Bénissent le Seigneur.

IV

Avec l'oiseau qui chante,
Que la petite fleur,
Que l'arbre avec la plante
Bénissent le Seigneur.

V

Que l'ouragan qui passe,
Que la mer en fureur,
Que le feu, que la glace,
Bénissent le Seigneur.

VI

Que la nuit, la lumière
Rivalisent d'ardeur,
Que le Ciel et la terre
Bénissent le Seigneur.

O bon Jésus.

Air : *Je suis chrétien.*

REFRAIN.

O bon Jésus ! par toi mon âme
Goûte le bonheur des élus ;
Je te bénis et je t'acclame,
O bon Jésus ! ô bon Jésus !

I

O bon Jésus ! demeure en elle
Avec tes aimables vertus ;
De plus en plus rends-la fidèle,
O bon Jésus ! ô bon Jésus !

II

O bon Jésus ! elle t'adore
Et les méchants sont confondus ;
Viens en elle souvent encore
O bon Jésus ! ô bon Jésus !

III

O bon Jésus ! ô tendre Père !
Que mes soupirs soient entendus :

Viens en elle à l'heure dernière,
O bon Jésus ! ô bon Jésus !

Conserve notre trésor.

Airs : *Suivons les rois dans l'étable ;*
N.-D. des Ardents ; *le Saint-Cierge d'Arras.*

I

A ton fils, divine Mère,
Nous nous sommes donnés tous ;
Et lui-même, ô doux Mystère,
Daigna se donner à nous.
Quelle richesse infinie !
A d'autres l'argent et l'or :
Toujours, ô Vierge bénie,
Conserve notre trésor.

II

Plus précieuse est la grâce
Que possède notre cœur,
Plus le démon nous menace
De sa jalouse fureur ;
Déjà tu sus le confondre,
Sache le confondre encor :

A nos vœux daignant répondre,
Conserve notre trésor.

III

Conserve nous l'innocence,
La douceur, la Charité;
L'esprit de reconnaissance
Et l'esprit d'humilité ;
Vers l'éternelle patrie
Aide notre faible essor:
Conserve nous, ô Marie,
Conserve notre trésor.

APRÈS

PENSÉES.

*
* *

Le Seigneur fit un grand festin,
Grand et divin,
Et m'invita le matin de ma vie.
Alors j'ai senti mon bonheur
Et, plein d'ardeur,
J'ai préparé mon cœur,
Pour recevoir la Sainte Eucharistie.
Le jour heureux est arrivé,
Promptement je me suis levé,
J'ai salué mon Père ;
A l'Eglise je suis venu,
Là, bientôt je l'ai reconnu,
J'ai doublé ma prière.
Je l'ai vu passer à mon rang,
J'ai reçu sa chair et son sang,

Depuis je le possède ;
Pour accomplir chaque devoir,
Il m'excite matin et soir,
Il me dirige, il m'aide.
Quand reviendra le temps pascal,
Malgré le serpent infernal,
A la divine table,
J'irai le recevoir encor
Ce doux et précieux trésor,
Ce Dieu trois fois aimable !
Mais ce n'est point assez pour moi
Et pour ma destinée,
De recevoir mon divin Roi
Une fois chaque année ;
A son adorable banquet
J'irai souvent avec respect,
Et j'espère à ma dernière heure
Devenir encor sa demeure ,
Avant qu'il soit lui-même, en la Sainte Cité,
Ma demeure, ma vie et ma félicité.

*
* *

Je suis voyageur sur la terre ;
Et, d'un séjour triste et mortel,

En dépit de tout adversaire,
Je dois m'élever jusqu'au Ciel :
Pour gravir la sainte montagne,
La grâce de Dieu m'accompagne,
Et, me donnant le pain des forts,
Couronne mes faibles efforts.
Oh ! que ma destinée est belle !
Marcher vers la vie éternelle ;
Dans ce monde te recevoir ;
Et dans l'autre, ô Jésus, te voir !

*
* *

Le Seigneur,
Sur la terre,
En pasteur,
En bon Père,
Me conduit
Sous les plus frais ombrages ;
Me nourrit
Dans de gras paturages ;
J'ai déjà le vrai bien :
Il ne me manque rien
Où ta divine grâce
En ce monde me place,
Adorable Jésus,

Sinon de voir ta face
Comme font les élus.

*
* *

Mon bonheur est extrême
Et je sens en moi même,
En ce séjour mortel,
Un avant-goût du Ciel.
De l'adorable mystère,
Tous les enfants de la terre
Comme moi n'ont pas goûté
L'exquise suavité !
O Jésus, tu le sais, mon âme
Qui te réclamait, te réclame:
Divin trésor,
Reviens encor,
Enbellissant sa destinée,
La satisfaire chaque année ;
Où plutôt frequemment reviens
Accompagné de tous les biens;
Et sois surtout sa nourriture,
Quand, pauvre et faible créature,
Arrivée à mon dernier jour,
Jour entre tous, hélas ! pour moi si redoutable,

J'aurai besoin, ô Dieu d'amour,
De me fortifier à ta divine table.

*
* *

Tu m'as nourri, Dieu de bonté,
De ton corps adorable ;
Mais pour qu'à ma fragilité
Il fût ici-bas présenté
Un mets si délectable,
O Jésus, qu'il t'en a coûté !
Qu'il t'a fallu de charité !
De sagesse ineffable !

A ton festin si paternel,
Si digne de mémoire,
Le Juif et grossier et charnel
N'a jamais voulu croire :
Ton admirable invention
Confond l'imagination,
Et la vaine science
De toute intelligence.

Pour les enfants que tu bénis,
Que de prodiges réunis
En un seul prodige !

Et c'est là que chaque jour,
Dieu de puissance et d'amour,
C'est là qu'on t'afflige !

Si quelquefois,
O Roi des rois,
Hélas ! si quelquefois, moi-même
Je l'ai fait,
Pardonne, ô Majesté suprême,
Ce méfait.

*
* *

O Jésus, dans tes trésors,
Quand j'ai pris le pain du corps,
Je suis resté sur la terre
Comme l'égal,
Et j'en fais l'aveu sincère,
De l'animal :
Mais, ô Mystère adorable !
Mais quand, aliment divin,
Toi-même tu fus mon pain
Et mon festin délectable,
A ton tour fais-en l'aveu,
Je fus comme égal à Dieu.

*
* *

Si de mon corps je prends la nourriture,
Je la transforme en moi ;
Si je te prends, ô Roi de la nature,
Tu me changes en toi ;
Merveille incomparable !
O Dieu de Majesté,
Un être misérable
Devient participant de ta Divinité !
Charité suprême,
Par ton puissant secours,
Conserve-moi toujours
Semblable à toi-même.

*
* *

Le Christ-Seigneur, Prêtre éternel,
Offre un sacrifice à l'autel :
Toujours plein de miséricorde,
En souvenir de ses bienfaits,
A ses serviteurs il accorde
Des aliments doux et parfaits.
A la table d'un Dieu, d'un Père,
Sous l'apparence du pain
Et sous l'espèce du vin,
Ils prennent un mets salutaire.

*
* *

La sagesse a construit un temple,
Et j'y contemple
Un pain
Divin,
Digne de toutes les louanges ;
Un pain délicieux,
Venu des Cieux :
Le pain même des Anges.
Le peuple de Dieu s'en nourrit
Et l'âme, et le cœur et l'esprit.

*
* *

Vous nous avez nourris d'un froment tout divin ;
Un miel délicieux de notre âme est le pain :
Dieu de la Sainte Eucharistie,
Vous nous laissez en cette vie
Un souvenir de votre passion,
Un gage sûr de résurrection ;
Pour votre adorable Mystère
Remplissez-nous de vénération,
Et qu'en nous chaque jour nous sentions sur la terre
Le fruit si doux de la Rédemption.

*
* *

Des premiers chrétiens
Quand je me souviens,
Je suis édifié par leur saint mémoire :
Contre les méchants
Qu'ils étaient vaillants,
Après avoir reçu le Dieu de la victoire!
Aux combats
D'ici-bas
Ils marchaient invincibles,
Forts comme des lions,
Et terribles
Au noir inspirateur des persécutions.
Dieu de l'Eucharistie,
Je t'ai reçu comme eux ;
Donne-moi l'énergie
De leur cœur généreux ;
Selon ta promesse
Soutiens ma faiblesse,
Et, fortifié par l'amour,
Je pourrai te dire à mon tour :
O mon aimable Maître,
Mon adorable Roi,

Rien ne saura jamais me transformer en traître,
Me séparer de toi.

*
* *

J'ai reçu le pain des anges,
Mon Sauveur;
A lui toutes mes louanges,
Tout mon cœur.
Pourrais-je pécher encore?
Dieu, daigne m'en empêcher:
En moi même je t'adore,
Pourrais-je encore pécher!

*
* *

Divin Jésus, ne permets pas
Que jamais en ma vie,
Je passe au nombre des ingrats
Envers l'Eucharistie;
Ne permets pas, divin Jésus,
Que je dédaigne les vertus
De ton plus grand mystère;
Et ramène-moi tous les ans,
Ramène-moi de temps en temps
Au festin de mon Père.

*
* *

L'Eucharistie est la ressource
Des vrais chrétiens :
C'est pour eux la divine source
De tous les biens.
Ecoutons ici la parole
Du Pontife dont Augustin,
De la vérité pèlerin,
A suivi la sublime école :
Si vous fuyez l'erreur,
Le Dieu du saint Autel est un Dieu de lumière ;
Si la concupiscence enflamme votre cœur,
Il est une fontaine et fraîche et salutaire ;
Si vous êtes blessé, le soir ou le matin,
Il est toujours pour vous le meilleur médecin ;
Si vous cherchez une assistance,
Il est la force et la clémence ;
Dans l'abîme tombés,
Si vous êtes courbés
Sous le fardeau du crime,
Il est votre victime ;
Si vous craignez la mort,
Il est la vie ;

Si vous aimez le Ciel, allez à lui d'abord,
C'est la Patrie :
A ce bel enseignement,
Heureux qui croit fermement !

*
* *

Je me souviens avec bonheur
De la sainte doctrine
Qui donna souvent à mon cœur
Cette leçon divine :
L'Eucharistie est pour moi l'union
Avec le Dieu de la Sainte Sion ;
La grâce par excellence
Contre la concupiscence ;
C'est le moyen
Quotidien
De m'acquitter envers la justice éternelle ;
De ne point contracter une dette nouvelle ;
De marcher chaque jour de vertus en vertus
Dans les sentiers pieux suivis par les élus ;
De braver l'enfer et le monde,
De goûter une paix profonde ;
Et d'être à jamais heureux
Dans le royaume des Cieux.

∴

Mon âme goûte le bonheur
De posséder son créateur ;
Mais, plus grande est son allégresse,
Plus grande devient sa tristesse,
Au souvenir cruels d'amis et de parents
Privés de lui depuis longtemps.
O Maître adorable,
A ta sainte table
Hâte-toi de les amener ;
Pour eux daigne aussi te donner.
Ah ! du couchant à l'aurore,
Daigne te donner encore,
Au malheureux qui t'ignore,
Et que partout l'on t'implore
De plus en plus ;
Et que partout l'on t'honore,
Roi des élus ;
Et que partout l'on t'adore,
O bon Jésus !

∴

Dans la divine Eucharistie,
Mon secours ;

J'ai le modèle de ma vie
Tous les jours.
Là, sans cesse, Jésus se cache,
Et, sans cesse, pour moi s'attache
A pratiquer les vertus
Qui du Ciel font les élus :
L'obéissance,
L'humilité,
La patience,
La pauvreté ;
Le silence,
La piété ;
La constance,
La charité.
O mon adorable modèle,
O mon aimable roi,
Rends-moi de plus en plus fidèle
A faire comme toi.

*
* *

Celui qui s'est nourri de Dieu,
Pour Dieu seul doit vivre en tout lieu :
Il doit conserver la mémoire
De ses ineffables bienfaits ;

Il doit travailler à sa gloire
Et jamais ne cesser, jamais;
Il doit suivre la trace
De ce Dieu de l'Autel,
Qui parmi nous retrace
Son passage mortel;
Il doit aimer sa table,
Et souvent revenir
A ce Maître adorable,
Le prendre, le bénir :
Il doit lui rester sans cesse
Uni par la charité,
Et lui tenir sa promesse
Jusques à l'éternité ;
Il doit avoir une place
Dans son immortel séjour,
Et l'adorer face à face :
Voilà surtout le grand jour !

*
* *

Adorable Jésus,
Qu'en moi de plus en plus
Ta vie abonde ;
Qu'en moi le pain des forts

Soutienne mes efforts
Contre le monde ;
Que ta manne jamais
Ne me soit désormais
Nauséabonde ;
Qu'au dernier de mes jours
Elle soit mon secours,
Ma paix profonde ;
Qu'elle me soit enfin, pour une éternité,
Une source de joie et de félicité,
Toujours féconde.

*
* *

Celui qui se nourrit de toi,
O Maître adorable,
Tu l'as daigné dire pour moi,
Est insatiable ;
Mais, tu l'as dit également,
Celui qui t'a pour aliment
Goûte des délices parfaites ;
Sa faim, sa soif, sont satisfaites ;
Il possède le vrai bien
Et ne désire plus rien.
Ton cœur savait que ta double sentence,
O Sauveur,

Ariverait à mon intelligence,
A mou cœur :
Dieu de toute tendresse,
Je t'ai compris,
Je te bénis,
Te bénirai sans cesse.
Celui qui t'a reçu dans ton banquet divin
Voudrait encore,
Chaque matin,
Recevoir le Dieu qu'il adore ;
Mais pour le monde et ses plaisirs
Il n'a plus de désirs :
Il est donc vrai qu'il demande
Et ne demande plus.
Mon aimable Jésus,
A toi je me recommande :
Fais qu'ainsi, désormais,
Toujours rassasié, je ne le sois jamais.

*
* *

O doux Jésus,
Roi des élus,
Dans ton adorable Mystère.
Tu nous as donné sur la terre
Un pain des Cieux,

Délicieux :
Un pain qui renferme en lui-même,
Pour tes chers enfants,
Une suavité suprême,
Tous les agréments :
Là, de tes bontés paternelles,
Là, chaque jour,
De ton amour
Tu renouvelles
Les prodiges éclatants,
Accomplis dans tous les temps :
C'est l'abrégé de tes miracles,
A dit l'un de tes grands oracles,
Et tu ne démentiras pas
Ton angélique saint Thomas.

*
* *

Dans la divine Eucharistie
Ah ! que de fois !
Nous a manifesté sa vie
Le roi des rois.
Que de prodiges on raconte,
O Satan jaloux, pour ta honte !
Pour toi, tout aimable Jésus
Et pour tes gloires,

Que de signes ! que de vertus !
Que de victoires !
Comme Louis ton serviteur,
De tout mon cœur
Et de toute mon âme,
Je crois et je proclame,
Sans les avoir vu de mes yeux,
Ces faits touchants et merveilleux.

*
* *

Ne voulant pas laisser ses enfants orphelins,
Jésus, riche en bienfaits divins,
Avant de quitter la terre
Pour remonter vers son Père,
A trouvé le moyen de rester notre appui
Et d'être encore à nous en retournant en Lui :
Du haut d'une sainte montagne
Il s'est élevé jusqu'aux Cieux,
Et toujours il nous accompagne
Par son Sacrement merveilleux.
Il est donc vrai, malgré nos injustices,
Le jour, la nuit un Dieu fait ses délices
De rester au milieu de nous :
Ah ! chrétiens, devant lui tombons tous à genoux !

*
* *

Un jour, à l'empereur Othon,
Assure-t-on,
Et j'aime à croire
A cette histoire,
Deux concurrents fort entêtés
Se sont ensemble présentés,
Réclamant, d'une voix très-vive,
La possession exclusive
D'un champ voisin
De leur jardin.
L'un, sans doute, avait tort; mais le sage monarque
Faisait de vains efforts pour en saisir la marque;
Se laissant donc aller à son cœur généreux,
Pour les contenter tous les deux,
Il décida que l'un était propriétaire,
Puis à l'autre il donna la valeur de la terre :
Ils partirent confus de sa grande bonté,
En bénissant Sa Majesté.

Un autre jour, un semblable problème,
Mais bien plus difficile en sa solution,
O merveilleuse invention !
Fut résolu par le Très-Haut lui-même.

*
* *

Le Fils de l'Éternel, ici-bas descendu,
Avait sur une croix sauvé l'homme perdu :
Avec instance,
Impatience,
Les Anges du divin séjour
Soupiraient après son retour ;
Mais les hommes, au contraire,
Le réclamaient sur la terre,
Et, nous l'avons constaté,
En partant, il est resté.
Le Ciel est satisfait, la terre est satisfaite :
Que partout de Jésus, lui-même satisfait
De se multiplier par un double bienfait,
On célèbre la fête.

*
* *

Jésus est avec nous, sa grâce nous appelle,
Allons pieusement le voir ;
Et, pour mieux ressentir sa bonté paternelle,
Allons surtout le recevoir.
Visiter un si bon Père,
Ah ! quel bonheur sur la terre !
Vivre auprès du Roi des Cieux,

Quel instant délicieux !
Lui parler avec aisance
En puisant dans ses trésors,
Quelle divine abondance
Et pour l'âme et pour le corps !

Enfin, le cœur plein d'allégresse,
Pouvoir aller à lui sans cesse ;
Dans ce cœur pouvoir
Chaque jour l'avoir,
Le prendre le matin et le garder le soir,
N'est-ce pas, ô chrétiens, la suprême richesse,
La félicité
De l'éternité !

*
* *

Tes serviteurs, aimable maître
Ont, dans leurs tribulations,
Joui de consolations
Que la charité faisait naître.
Ah ! je le crois,
Dieu de la croix,
Ta douleur fut incomparable,
Et nulle autre jamais ne lui sera semblable.

Pour confondre le noir enfer,
Te chargeant d'expier mes vices
Par les plus horribles supplices
Et le plus grand des sacrifices,
Tu vidas un calice amer,
Amer entre tous les calices :
Mais, ô divin Roi !
Que tu dus éprouver d'ineffables délices,
A vaincre pour jamais Satan et ses complices;
A détruire en mourant toutes mes injustices ;
A mourir pour moi !
Dieu trois fois adorable,
D'une telle douleur
Et d'un si grand bonheur,
Toi seul étais capable.

*
* *

En ce mortel séjour,
Qui peut à son ami mieux prouver son amour,
Qu'en subissant la mort pour lui donner la vie ?
Dieu puissant du Calvaire et de l'Eucharistie,
C'est Toi,
Toi-même,
O Roi
Suprême :

Tu le peux,
Tu le veux ;
En bon et tendre Père,
Tu te plais à le faire ;
Pour moi tu meurs sur la croix,
Et sur l'autel je te vois :
Tu passes sur la terre
Répandant tes bienfaits;
Dans ton nouveau Mystère,
Tu les répands toujours et ne passes jamais :
Là, ta grâce demeure,
Tu demeures aussi :
Jusqu'à la dernière heure,
A qui te cherchera, tu diras : me voici.

*
* *

Le sacrifice du calvaire
Est continué sur l'autel :
Des deux côtés je vois un Père
Qui donne la vie au mortel ;
Qui mérite tous les hommages ;
Qui d'aimer ne cesse jamais,
Et qui, pour ses divins bienfaits,
Reçoit de l'homme mille outrages !

*
* *

Des enfants
De quinze ans,
Imitateurs des hommes aux blasphemes,
Savent déjà te blasphémer eux-mêmes !
Tu vois ce que bientôt, ô Jésus! contre toi,
O divin Maître !
Je pourrais être
Si tu m'abandonnais à moi!

*
* *

Que rendrais-je au Seigneur pour sa magnificence?
Pour le don si parfait
Que sa grâce m'a fait ?
Qu'il est digne d'amour et de reconnaissance !
Quelle faveur !
Quelle douceur!
Pour un si grand bienfait que rendrai-je au Seigneur!
Du salut je prendrai le calice adorable,
Et d'un Dieu secourable,
En dépit du démon,
J'invoquerai le nom.

*
* *

Mon âme bénit le Seigneur :
Elle tressaille de bonheur
En son adorable Sauveur.

Il a regardé ma bassesse :
Tout proclamera sa tendresse
Et redira mon allégresse.

Quel prodige de charité
A, dans mon cœur, exécuté
Le Dieu de toute sainteté!

Sur toutes les races humaines
Les grâces dont ses mains sont pleines
S'écoulent comme des fontaines.

Par la puissance de son bras
Il disperse les potentats,
Les orgueilleux et les ingrats.

Les grands sont tombés de leur trône :
Dieu dispose de la couronne
Et c'est aux humbles qu'il la donne.

Les riches aux cœurs pervertis,
Loin de Lui vides sont partis :
Ses trésors sont pour les petits.

Il soutient les âmes fidèles,
Et se souvient toujours pour elles
De ses promesses paternelles.

Comme il a dit à nos parents,
Il fait et veut faire en tous temps
Le salut de tous ses enfants.

*
* *

Nous te louons, Dieu créateur,
Te proclamons Maître et Seigneur :
Toute la terre
Avec le Ciel,
Père éternel,
Te loue et te vénère ;
Le Chérubin,
Le Séraphin,
Tous les Anges
Disent sans fin
Tes louanges,

En affirmant ta sainteté
Dans un chant toujours répété ;
De ta Majesté souveraine
La terre est pleine
Et pleins sont les Cieux ;
Le chœur glorieux
Des apôtres et des prophètes
Et des martyrs teints de leur sang,
Tous à leur rang,
Célèbrent tes divines fêtes ;
En même temps dans l'univers,
Toute l'Église catholique
T'adresse un sublime cantique
En mille cantiques divers :
Elle adore le Père,
Et le Fils et le Saint-Esprit ;
Elle t'adore, ô Jésus-Christ,
O toi qui, pour tirer l'homme de sa misère,
Et confondre à jamais le serpent infernal,
A daigné t'enfermer dans un sein virginal !
Sur la mort ta victoire,
A l'homme de foi,
Fidèle à ta loi,
Ouvrit le séjour de la gloire ;

Dans le plus beau palais,
Toujours humble et modeste,
Tu règnes désormais,
Près du Père céleste :
D'où tu viendras juger les vivants et les morts
Les âmes et les corps.
Nous t'en supplions donc, montre-toi secourable
A ceux que tu lavas dans ton sang adorable ;
Mets-les, ô bon Jésus,
Au nombre des élus ;
Confondant encor la rage
Du noir enfer,
Malgré les cris de Lucifer,
Bénis toujours ton héritage ;
Guide tes enfants,
Rends-les triomphants,
Fais-les marcher dans la route nouvelle
Qui mène seule à la vie éternelle ;
Chaque jour,
Dieu d'amour,
De bonté, de tendresse,
Nous te chanterons,
Nous te bénirons
Sans cesse,

Par ton puissant appui,
Garde-nous aujourd'hui,
Préserve-nous de toute offense,
Fais-nous éprouver ta clémence,
Et, jusques à la mort.
Prends soin de notre sort,
Selon notre ferme espérance,
En toi, j'ai mis; Seigneur, toute ma confiance :
Tu seras ma félicité
Durant toute l'éterntité.

*
* *

Que la terre et le Ciel
Bénissent l'Eternel ;
Que les élus, les anges,
Que les astres du firmament
Chantent continuellement
Ses divines louanges ;
Que les vents et les eaux,
Que tous les animaux
Célèbrent sa mémoire ;
Que la nuit et le jour
Redisent tour à tour
Sa grandeur et sa gloire ;

Avec le cèdre du Liban
Et la pierre du Vatican,
Que la tempête et l'ouragan
Et le cratère du volcan
Proclament sa toute puissance;
Adorateurs du Roi des rois,
Que tous les hommes à la fois,
En fixant l'autel et la croix,
Entonnent d'une seule voix
Le chant de la reconnaissance.

*
* *

Gloire au plus haut des cieux au Dieu de Majesté ;
Paix entière
Sur la terre
A tout homme rempli de bonne volonté.
Avec les élus et les anges,
O Seigneur des Seigneurs,
Nous vous offrons nos louanges,
Nos esprits et nos cœurs ;
Nous gardons votre mémoire :
Nous vous bénissons,
Nous vous adorons,
Vous glorifions,

Vous remercions
A cause de votre gloire.
Divin Agneau,
Si doux, si beau,
Qui partout détruisez les péchés de ce monde,
Ah ! prenez en pitié sa misère profonde !
Nous supplions à vos genoux :
Ecoutez-nous,
Exaucez notre humble prière.
Vous seul, ô Jésus-Christ,
Avec le Saint-Esprit
Dans la gloire de Dieu le Père,
Vous êtes la Sainteté,
La Grandeur, la Majesté.

*
* *

Je n'ai que le Seigneur pour unique refuge ;
Mais le Seigneur me suffit bien :
Je l'aime comme un père et le crains comme un juge,
Après, je n'aime et ne crains rien.

Je n'irai point m'abattre au milieu de ces pièges
Que tend le serpent infernal :
Aux pieds je foulerai les appâts sacrilèges
Du démon méridional.

Je possède en mon cœur le Dieu de la victoire,
Et ses vertus sont mes vertus :
C'est de lui que j'attends le bonheur et la gloire
Dans le royaume des élus.

*
* *

Qu'il m'est doux, ici-bas, d'adresser ma prière
A mon Père !
De dire, chaque jour, ma joie et ma douleur
A son cœur !
Qu'il m'est doux d'exprimer à la Mère chérie,
A Marie,
Mon admiration, mon amour filial,
Cordial !
Jésus, Marie, aidez et soutenez sans cesse
Ma faiblesse,
Et faites-moi régner au plus beau des séjours,
Pour toujours.

*
* *

Quand je serai voisin de mon heure dernière,
O mon aimable Roi,
Quand la mort sera prête à fermer ma paupière,
Venez encore à moi ;
Quand Satan se croira sur le point de m'abattre

Au gré de sa fureur,
Achevez votre ouvrage, et, pour mieux le combattre,
Descendez dans mon cœur;
Vous êtes la puissance et la charité même,
Vous êtes mon espoir;
Quand au monde ma voix dira l'adieu suprême,
Venez me recevoir;
De l'ennemi commun, qui nous hait, nous déteste,
Montrez-vous triomphant;
Emportez avec vous, au Royaume céleste,
L'âme de votre enfant.

*
* *

Le Ciel ! oh ! quel bonheur de voir Dieu face à face!
De régner avec lui pour une éternité !
Quelle paix ! quel repos ! quelle félicité !
Et c'est là, si tu veux, mon âme, qu'est ta place !

Le Ciel! pour l'obtenir tu possèdes la grâce;
Tu ne doutas jamais de cette vérité:
Que d'autres avant toi l'ont déjà mérité !
Tu le mériteras en marchant sur leur trace.

Le Ciel ! oh ! qu'il est beau, mon âme, ce séjour,
Où tu pourras sans cesse aimer le Dieu d'amour !
Quel bien délicieux ! quel brillant héritage !

Le Ciel, enfin, pour toi c'est Marie et Jésus,
Le Ciel, mais c'est le Ciel, que dire d'avantage ?
Ce ne peut être moins, ce ne peut être plus.

*
* *

Le trouble sera grand et la douleur profonde,
O juge souverain des vivants et des morts,
Quand tu viendras du Ciel au dernier jour du monde
Pour maudire où bénir les âmes et les corps.

De quel côté, Seigneur, me placeront tes anges,
Seigneur Jésus, de quel côté ?
Dois-je te blasphémer ou chanter tes louanges
Durant toute une éternité ?

Je suis l'œuvre, ô mon Dieu, de ta bonté suprême
Et je n'existe que pour toi ;
Préserve ton enfant du dernier anathème :
O Jésus Sauveur, sauve-moi !

*
* *

O Mère du Sauveur, Mère tendre et chérie,
Par toi j'ai commencé, par toi je veux finir :
Il est toujours si doux de t'invoquer, Marie,
Si doux de te louer ! si doux de te bénir !

Tes enfants ont reçu la sainte Eucharistie :
Tu guéris leur passé, garde leur avenir,
Et du banquet sacré de la divine hostie
Conserve dans leur cœur l'aimable souvenir.

Avec toi, comme toi, qu'ils adorent en eux,
A la crèche, au calvaire, à l'autel, dans les cieux ;
Qu'ils adorent partout, qu'ils adorent sans cesse.

Fais leur déjà goûter le bonheur des élus ;
Montre-leur, ici-bas, ton immense tendresse,
Et leur montre, là haut, la face de Jésus.

CHANTS.

Je l'ai reçu.

Air : *Je suis chrétien.*

REFRAIN.

Je l'ai recu Celui que j'aime,
Mon espoir ne fut point déçu;
Je goûte en Lui le bien suprême,
Je l'ai reçu, je l'ai reçu.

I

Je l'ai reçu, je le possède,
Il repose au fond de mon cœur ;
Qu'à sa présence en moi tout cède,
Et que toujours il soit vainqueur.

II

Je l'ai reçu, quelle richesse !
C'est un Dieu plus doux que le miel.

Je surabonde d'allégresse :
Avec Lui je suis dans le Ciel.

III

Je l'ai reçu, je le proclame,
Je veux qu'on le sache en tout lieu,
Bénis ton Dieu, bénis, mon âme,
O mon âme, bénis ton Dieu.

Je suis à Dieu.

Air : *Je suis chrétien.*

Refrain.

Je suis à Dieu : voilà mon Maître,
A lui mon hommage en tout lieu ;
Qu'il m'est doux de le reconnaître,
Je suis à Dieu ! Je suis à Dieu !

I

Je suis à Dieu par ma naissance,
Par conquête et nécessité ;
Je suis à Dieu par préférence,
Par le choix de ma volonté.

II

Je suis à Dieu par sa tendresse ;
Par sa tendresse il est à moi :
Je suis à Dieu, qu'il soit sans cesse,
Mon guide, mon Père et mon Roi.

III

Je suis à Dieu : je le proclame
Avec une sainte fierté ;
Je suis à Dieu de corps et d'âme
Pour le temps et l'éternité.

C'est pour toujours.

Air : *Je suis chrétien.*

REFRAIN.

C'est pour toujours que je me donne
Au divin Auteur de mes jours ;
A son amour je m'abandonne,
C'est pour toujours, c'est pour toujours.

I

C'est pour toujours que ce bon Maître
A daigné se donner à moi ;

C'est à Lui seul que je veux être :
Sa loi seule sera ma loi.

II

C'est pour toujours que sur sa trace
Je forme le vœu de marcher ;
Et qu'avec sa divine grâce
Je renonce à jamais pécher.

III

C'est pour toujours, ô Ciel, ô terre,
Soyez témoins de mes serments :
Je jure d'adorer mon Père
Jusques à mes derniers moments.

Je m'attache à Jésus pour toujours.

Air : *J'engageai ma promesse au baptême.*

I

A Jésus le jour de mon baptême.
Pour mon cœur le premier des beaux jours,
J'ai juré de n'aimer que lui-même :
Je m'attache à Jésus pour toujours.

II

Pour m'aider à tenir ma promesse,
Il daigna m'accorder son secours ;
Bénissant son immense tendresse,
Je m'attache à Jésus pour toujours.

III

C'est pour lui que soupire mon âme,
C'est à lui que mon cœur a recours,
C'est en Lui que mon amour s'enflamme,
Je m'attache à Jésus pour toujours.

IV

Pour le voir dans le séjour céleste,
Le plus saint, le plus doux des séjours,
Désormais, méprisant tout le reste,
Je m'attache à Jésus pour toujours.

Je m'engage à la vie à la mort

Air : *J'engageai ma promesse au baptême.*

I

O Marie, ô Mère de la grâce,
Aidez-moi, prenez soin de mon sort,

A marcher sur votre aimable trace
Je m'engage, à la vie à la mort.

II

Nul, sans vous, j'en ai la souvenance,
Du salut ne peut gagner le port ;
Pour avoir votre heureuse assistance,
Je m'engage, à la vie à la mort.

III

Contre moi l'enfer est plein de rage,
Et je crains un ennemi si fort ;
A lutter du moins avec courage,
Je m'engage, à la vie à la mort.

IV

Bienheureux le serviteur fidèle
Qui vous aime et dans vos bras s'endort ;
A le prendre, après vous, pour modèle,
Je m'engage, à la vie à la mort.

Je veux t'aimer.

Air: *Avant que de ce jour brille la dernière heure*

I

Jésus au saint autel me prouve sa tendresse,
Par les chaînes du cœur il demeure attaché ;
De l'aimer à mon tour sa charité me presse,
Et je brise pour lui les chaînes du péché.

REFRAIN.

Je veux t'aimer, Dieu d'amour, de puissance ;
Seul désormais règne en mon cœur :
Je te proclame, avec reconnaissance,
Et ma victoire et mon vainqueur.
O Dieu du Ciel et de la terre,
Gloire à toi la nuit et le jour ;
Pour ton adorable mystère,
O Dieu d'amour, à toi l'amour.

II

Pour effacer mon crime et me rendre la vie,
Tu veux devenir homme et mortel comme moi ;
Pour me diviniser, tu fais l'Eucharistie,
Je la prends et deviens immortel comme toi.

III

Je vis, je ne vis plus, en moi tu vis toi même :
Mon âme en est ravie et transportée aux cieux !
Je sens un avant gout de ce bonheur suprême,
Dont jouit à jamais le cœur des bienheureux.

IV

Adorable Jésus, reçois tous les hommages
Pour tes perfections et tes dons incessants,
Et que tous les mortels, à l'exemple des Mages,
Déposent à tes pieds : l'or, la myrrhe et l'encens.

La prière.

Air : *Nous n'avons à faire*
que notre salut.

I

Quand le jour commence,
Quand finit le jour,
Du Dieu de l'amour
Assurons-nous la clémence.

Refrain.

De tout notre cœur
Prions le Seigneur (*bis*).

II

Il est notre Père,
Ce Dieu de bonté,
Et sa charité
Se plait à nous satisfaire.

III

Demandons sa grâce
Pour le recevoir,
Pour l'aimer, le voir,
Pour l'adorer face à face.

Qu'il est doux de servir un Père.

Air : *Tendre Mère, ô Vierge Marie.*

Refrain.

Qu'il est doux de servir un Père
Et d'aimer le Seigneur,
Servons, aimons Dieu sur la terre :
Voilà notre bonheur.

I

O monde, tu fais des promesses ;
Mais en vain tu promets :
A tes plaisirs, à tes richesses,
Je ne croirai jamais.

II

Le bonheur est dans l'innocence ;
L'innocence est en Dieu :
Rendons hommage à sa puissance,
En tous temps, en tous lieux.

III

Bon Jésus, ô tendre Marie,
Vous entendez nos vœux,
Protégez-nous en cette vie ;
Recevez-nous aux Cieux.

Chantons notre Père.

Air : *Hélas ! quelle douleur !*

I

Fnfants, avec ardeur,
Avec bonheur,
Chantons notre Père ;

Enfants, avec ardeur,
Avec bonheur,
Chantons le Seigneur.
Aujourd'hui,
Toujours sur la terre,
Offrons-lui
Notre humble prière,
Enfants, au Roi des Rois,
Tous à la fois,
Consacrons nos voix.

II

Lui seul est la bonté,
La majesté,
La toute puissance;
Lui seul est la bonté
La majesté,
La Divinité.
Il a droit
A l'obéissance;
Tout lui doit
La reconnaissance,
Lui seul est du chrétien
L'unique bien,
L'unique soutien.

III

Mon Dieu, mon divin Roi,
Soutenez-moi,
Donnez-moi la grâce;
Mon Dieu, mon divin Roi,
Soutenez-moi,
Soutenez ma foi.
En ces lieux
Tout fuit et tout passe ;
Dans les Cieux
Préparez ma place;
Mon Dieu, de votre amour,
Daignez un jour
M'ouvrir le séjour.

Vive Jésus.

Air. *Je suis chrétien.*

REFRAIN.

Vive Jesus, le Roi de gloire
Et les délices des élus ;

Vive le Dieu de la victoire ;
Vive Jésus, vive Jésus.

I

Vive Jésus, il est mon Père :
C'est à lui que je dois mes jours ;
Partout en lui mon cœur espère :
En lui j'espérerai toujours.

II

Vive Jésus, mon innocence,
Mon trésor, mon unique bien ;
Je puis tout avec sa puissance,
Et sans elle je ne puis rien.

III

Vive Jésus, ma nourriture,
De mon âme le pain vivant ;
Bienheureuse la créature,
Qui de Lui se nourrit souvent.

IV

Vive Jésus, juge suprême,
Et des justes et des pécheurs ;
La justice, la bonté même,
L'unique Seigneur des seigneurs.

V

Vive Jésus, la jouissance
De mon esprit et de mon cœur,
Et l'éternelle récompense
Du chrétien fidèle et vainqueur.

Adorons le Dieu d'amour.

Airs : *Suivons les Rois à l'étable* ;

I

C'est dès l'éternité même
Que Dieu chérit les pécheurs ;
Et que sa bonté suprême
Les couvrit de ses faveurs.
Il est bon et juste et sage,
De le payer de retour :
Chérissons le d'âge en âge,
Adorons le Dieu d'amour.

II

Ce Roi de la cour céleste
Près de nous daigne venir,

Et sur un trône modeste
Il se tient pour nous bénir.
Qu'il reçoive des hommages,
Comme à la céleste cour :
Nouveaux pasteurs, nouveaux mages,
Adorons le Dieu d'amour.

III

Grâces au meilleur des pères,
Pour nous le pain et le vin,
O mystère des mystères !
Deviennent un mets divin.
A Jésus mille louanges :
Il nous donne en ce séjour
La nourriture des anges,
Adorons le Dieu d'amour.

Communion fréquente.

Air : *Venez, divin Messie.*

REFRAIN.

Quel festin d'électable
Le Seigneur offre à son enfant!

Allons tous à sa table,
Souvent, souvent, souvent.

I

Du Roi de la terre et des cieux,
Le corps et le sang précieux,
Sont notre vie en ces bas lieux ;
Le Sauveur nous engage
A prendre de son Sacrement
Le pain et le breuvage,
Souvent, souvent, souvent.

II

Je suis faible d'âme et de corps ;
Mais un Dieu m'ouvre ses trésors,
Et j'y trouve le pain des forts :
Voilà ma nourriture,
Que cet adorable aliment
Soutienne ma nature,
Souvent, souvent, souvent.

III

O l'heureux temps, où chaque jour,
Les chrétiens venaient, tour à tour,
S'asseoir au banquet de l'amour !

Rappelle-toi, mon âme,
Cet admirable empressement;
Vas au Dieu qui t'enflamme,
Souvent, souvent, souvent.

Au Sacré-Cœur.

Air : *Tendre Mère, ô Vierge Marie.*

REFRAIN.

Au Sacré-cœur honneur et gloire,
Gloire, amour au Seigneur;
Amour au Dieu de la victoire,
Amour au Sacré-Cœur.

I

Au Sacré-Cœur, au cœur d'un Père,
Heureux qui, chaque jour,
Aime à témoigner sur la terre
Son zèle et son amour.

II

Au Sacré-Cœur offrons l'hommage
Qu'appellent ses vertus ;
Aimons le toujours davantage :
C'est le cœur de Jésus.

III

Au Sacré-Cœur, avec les ânges
De la Sainte Cité,
Nous redirons mille louanges
Durant l'éternité.

Ave, Maris Stella.

Air : *O Mère chérie,*
Place-moi.

REFRAIN.

Dans notre Patrie,
Près de vous,
O Mère chérie,
Placez-nous.

I

Dans ce beau Ciel dont l'amour nous transporte,
Avec Jésus vous régnez pour toujours ;
Après Jésus vous en êtes la porte :
Nul n'entrera que par votre secours.

II

Pour vos enfants montrez un cœur de mère,
Soutenez-nous dans nos rudes combats ;
A votre Fils offrez notre prière,
Priez pour nous, nous ne périrons pas.

III

Vierge bénie, obtenez-nous la grâce
De vivre purs, et d'esprit et de cœur ;
Obtenez-nous de suivre votre trace,
Et d'arriver au séjour du bonheur.

Marie est mon secours.

Air : *Le Ciel en est le prix.*

I

Marie est mon secours,
Je m'en souviens sans cesse ;
A sa vive tendresse,
Sans cesse j'ai recours.

II

Marie est mon secours,
C'est elle qui dirige,

Qui reprend ou corrige
Mes actes, mes discours.

III

Marie est mon secours,
Que m'importent les piéges,
Les ruses sacriléges,
Les tigres et les ours.

IV

Marie est mon secours,
J'obtiendrai la victoire,
Le triomphe et la gloîre
Au plus beau des séjours.

Mère tendre et chérie.

Air : *Venez, divin Messie.*

REFRAIN.

Mère tendre et chérie,
Nous serons à vous désormais ;
Abandonner Marie,
Jamais, jamais, jamais.

I

Prêtez l'oreille à vos enfants,
Heureux de vous offrir leurs chants,
Avec leurs vœux les plus ardents ;
Voyez leur allégresse,
Leur zèle et leur pieux concours.
Que votre amour les presse,
Toujours, toujours, toujours.

II

De votre talon triomphant,
Vous avez au premier instant
Brisé la tête du serpent ;
Pour vaincre sa colère
Soyez notre puissant secours ;
Montrez-vous notre mère,
Toujours, toujours, toujours.

III

Inspirez-nous la piété,
La foi dans sa simplicité,
L'espérance et la charité ;
Réglez, Vierge fidèle,
Et nos actes et nos discours,

Soyez notre modèle,
Toujours, toujours, toujours.

Doux souvenir !

Air : *Vive Jésus.*

I

Doux souvenir !
J'ai reçu sur la terre
Le souverain des siècles à venir :
Mon Rédempteur, et mon Maître et mon Père :
Je l'ai reçu celui que tout révère ;
Doux souvenir (*bis*) !

II

Doux souvenir !
Oh ! pour moi quelle gloire !
Divin Jésus, puis-je assez te bénir !
Sur ton enfant conserve la victoire ;
De tes bienfaits garde en lui la mémoire,
Doux souvenir (*bis*) !

III

Doux souvenir
Du beau jour de ma vie !

Gage certain d'un heureux avenir :
Du noir satan je confondrai l'envie,
Au souvenir de ma divine hostie :
Doux souvenir (*bis*) !

A Marie, à Jésus toujours.

Air : *O Marie, ô Mère chérie.*

REFRAIN.

De Satan méprisons la haine,
Et sachons désormais confondre les détours ;
Jésus est notre Roi, Marie est notre Reine :
A Marie, à Jésus, toujours.

I

Esprit de ruse et de malice,
Il promet tous les agréments ;
Mais on ne trouve à son service
Que des ennuis et des tourments.

II

Que tous les hommes sur la terre,
De la grâce aidés comme nous,

Aux pieds d'un Père et d'une Mère
Aujourd'hui tombent à genoux.

III

Daignez, ô Jésus ! ô Marie !
Nous attirer à votre autel ;
Le Ciel est pour nous la Patrie :
Daignez nous attirer au Ciel.

TABLE DES CANTIQUES.

AVANT.

PENDANT.

APRÈS.

Page 66, ligne 9e — au lieu de : lui-même — lire : *à la cène.*

Arras. — Imp. E. B[illegible]R, rue St-Maurice, 76.

www.ingramcontent.com/pod-product-compliance
Ingram Content Group UK Ltd.
Pitfield, Milton Keynes, MK11 3LW, UK
UKHW031909260826
14628UKWH00003B/1074

9 782019 698355